# SATIRES
# CONTEMPORAINES

IMPRIMERIE GÉNÉRALE DE CHATILLON-SUR-SEINE. — JEANNE ROBERT.

# SATIRES
# CONTEMPORAINES

PAR

## HENRI CHANTAVOINE

PARIS

CALMANN LÉVY, ÉDITEUR

ANCIENNE MAISON MICHEL LÉVY FRÈRES

RUE AUBER, 3, ET BOULEVARD DES ITALIENS, 15

A LA LIBRAIRIE NOUVELLE

—

1880

# PRÉFACE

——

Voici des vers, ami lecteur,
Écrits au courant de la plume,
Mon livre est un petit volume,
Et je suis un petit auteur;

Mais tous les deux, tels que nous sommes,

Nous nous permettons hardiment·

D'exprimer notre sentiment

Sur les choses et sur les hommes.


On se fait bien des ennemis,

Et l'on est parfois compromis,

En se conduisant de la sorte ;


Mais quand on a de son côté

Les amis de la vérité,

On met les autres à la porte.


H . C.

# LE

# NATURALISME

# LE

# NATURALISME

---

Au siècle où nous vivons c'est un grand avantage,

Franc de toute contrainte et de tout esclavage,

De dire ce qu'on pense, à la barbe des sots,

Sans ruminer sa phrase et sans mâcher ses mots.

Despréaux autrefois agissait de la sorte,

Et le *Naturalisme* eût inondé sa porte,

Si le *Naturalisme* avait été connu,

Que le *Naturalisme* eût été mal venu.

S'il lisait aujourd'hui ce que l'on nous fait lire,

Le verrions-nous encor, en éclatant de rire,

Jeter au cabinet, sans craindre le holà,

L'indigeste ballot des œuvres de Zola?

Ou confesserait-il, avec mélancolie,

Que dans son temps du moins Artamène et Clélie,

A défaut de bon sens, avaient trop de bon goût

Pour traîner dans l'ordure et rouler dans l'égout?


Je sais bien que la chose est venue à la mode,

Et que, par tout pays, il est fort incommode

D'aller chercher querelle aux grands hommes du jour;

Mais Zola n'est qu'un homme, et peut-être à son tour,

Pleurant sur les débris de sa toute-puissance,

Il verra comme un autre, et plus tôt qu'on ne pense,

Les petits épiciers, heureux et satisfaits,

Pour se faire des sacs, l'acheter au rabais !

Jugeons dès maintenant, en pleine apothéose,
L'auteur de l'*Assommoir* et de *Bouton de Rose ;*
En dépit de sa gloire il est fait comme nous,
Et l'on n'est pas forcé de se mettre à genoux
Pour adorer ainsi — dans une humble posture —
Le Pontife nouveau de la mère Nature.

La Nature d'ailleurs a-t-elle rien à voir
Dans ces descriptions de bouge et de lavoir
Qui soulèvent le cœur et donnent la nausée?
Voici l'aube : la terre humide et reposée
S'éveille et rit; les prés, les forêts et les monts
S'emplissent de parfums, d'amour et de chansons;
La gentille alouette avec les hirondelles
Dans les champs de l'azur s'envole à tire-d'ailes;
La voix claire du coq chante à la basse-cour

1.

Le lever du soleil et l'approche du jour ;

Le jeune laboureur presse son attelage,

Et sourit en passant aux filles du village,

Tandis que ses grands bœufs, d'un pas tranquille et fier,

Traînent le soc bruyant ou la herse de fer ;

Doucement éclairé des rougeurs de l'aurore,

Le brouillard de la nuit remonte et s'évapore ;

La barque du passeur, en glissant sur les eaux,

Dérange les pluviers tapis dans les roseaux ;

Comme un baiser d'amour sur de blanches épaules,

La brise du matin fait frissonner les saules,

Et les longs peupliers, au bois frêle et mouvant,

Livrent leur taille souple aux caresses du vent ;

Est-ce que tout cela, la vie et la lumière,

Et ce réveil des champs, dans sa fraîcheur première,

Et ces charmes profonds, éternels, infinis,

Du murmure des bois et du concert des nids,

Et cet enivrement de toute créature

Adorant — sans le voir — l'auteur de la nature,

Est un moins beau spectacle, à ce qu'il vous paraît,

Que le père Colombe ouvrant son cabaret?


Est-ce donc que le bien serait par aventure
Moins réel que le vice et que la pourriture?
Est-ce que la beauté ne crève pas les yeux,
Autant que ta laideur, ô couple Lorilleux?
Est-ce que le bon sens met l'esprit moins à l'aise
Que ton *delirium*, ô mari de Gervaise?
Alors, et sans tarder, bras dessus, bras dessous,
Rendons-nous de ce pas à l'hôpital des fous.


Mais, avant de partir, faisons un feu de joie;
Que La Fontaine brûle et Molière flamboie;
Chantons, dans une ronde, en nous tenant la main,
Autour de l'inventeur du document humain,
Que personne avant lui n'avait eu de génie;
Traitons de Parnassien l'auteur d'*Iphigénie*;
Courons incendier le Théâtre-Français,

Puisqu'on ose y jouer *Ruy Blas*, avec succès ;

Dressons Zola tout vif en haut de la colonne,

Sur son front rougissant posons une couronne ;

Et qu'il dise à la foule, en étendant le bras :

Soyez naturaliste ou vous ne serez pas !


Cessons de plaisanter, la chose est sérieuse.

On pouvait jusqu'ici la trouver curieuse,

Mais voilà qu'elle change, et prend en vérité

Trop de place au soleil et trop de gravité.

Qu'un sot trouve parfois, *quoi qu'on en puisse dire*,

*Un marchand pour le vendre et des sots pour le lire*,

Cela s'est vu jadis, et se verra toujours.

Mais que, pour se louer, on se perde en discours,

Et qu'on traite de haut, avec une superbe

Que le cèdre orgueilleux n'a pas pour le brin d'herbe,

Tous les humbles mortels qui n'auraient point l'honneur

De penser comme vous, sur vous-même, seigneur

Zola, je vous le dis et je vous le déclare,

Pour neuve qu'elle soit, la pièce est assez rare,

Et ce n'est pas d'hier qu'on accueille chez nous,

A grands coups de sifflets, les acteurs comme vous.


Aussi, voyez un peu quelle erreur est la vôtre

De prendre un ton de cuistre avec des airs d'apôtre.

Croyez-vous qu'il ne faut, pour devenir quelqu'un,

Que beaucoup d'importance et peu de sens commun?

Que l'on n'a jamais vu faire ce que vous faites,

Par tous les charlatans et tous les faux prophètes?

Et qu'il vous a suffi, pour sauver le grand art,

D'écrire une préface à *Madame Bécart?*

Vous parlez, il est vrai, de l'Enquête moderne,

Vous criez au soleil : Tu n'es qu'une lanterne ;

Le cœur est un viscère et la morale un mot ;

Qui parle maintenant de Dieu? quelque grimaud.

Comme le dit Hugo : « Ces choses-là sont rudes,

Il faut, pour les comprendre, avoir fait ses études. »

Et parmi vos lecteurs, n'en trouveriez-vous pas

Que vos négations jettent dans l'embarras?


Eh quoi! Tous ces héros de notre vieux théâtre,

Chimène, qui rendait le public idolâtre,

La sévère Pauline, immolant pour toujours

Son âme, chaude encor des premières amours;

Horace offrant ses fils à la grandeur romaine,

Auguste généreux, et désarmant la haine,

Ces types de vertu, d'honneur et de devoir,

N'ont-ils plus rien de noble à nous faire savoir?

Sommes-nous devenus de si faible courage

Que nous n'entendions rien à leur mâle langage,

Et faut-il désormais, pour connaître le beau,

Aller à l'Ambigu voir gambader Coupeau?


Je ne saurais le croire. O nature, ô ma mère,

Ce que j'ai dans le cœur n'est pas une chimère;

Ce n'est pas vainement que je sens vivre en moi

L'amour de la beauté, l'idéal et la foi ;

Ce n'est pas vainement que le tendre Racine

A souvent, aux douceurs de sa langue divine,

Enchanté mon oreille et fait pleurer mes yeux ;

Je ne puis me résoudre à renier mes dieux,

Ni même à préférer aux larmes de Junie,

Gervaise fouaillant la grande Virginie.


Encor s'il nous servait un plat de sa façon,

Où la sauce du moins fît passer le poisson ;

Si la langue qu'il parle, ou plutôt qu'il invente,

Etait, si peu que rien, supportable et décente,

On verrait à deux fois, avant de s'indigner.

Ce n'était pas un saint que Mathurin Régnier ;

Maître François Villon, Rabelais et Voltaire

Ont des termes hardis dans leur vocabulaire,

Et Molière lui-même, au grand siècle, appelait

Les maris malheureux par le nom qu'il fallait.

Mais, de gaîté de cœur, salir notre idiome

Par des obscénités dont rougirait Brantôme,

Avilir la pensée, en offensant les yeux,

Par un argot impur, pris dans les mauvais lieux ;

Mais chercher à plaisir, et comme par emphase,

A verser galamment sur la fin d'une phrase

Quelque mot gras, ignoble, et tout empuanti,

Pour qu'on bouche son nez après l'avoir senti ;

Est-ce donc là du style, et devons-nous écrire

En trempant notre plume... où je ne veux pas dire ?


Il est heureusement plus de gens qu'il n'en faut

Pour confesser tout bas ce que je dis tout haut

Et pour savoir encor faire la différence

Du ventre de Paris à l'âme de la France.

La mode tournera : ces choses passeront ;

Le bon sens outragé repoussera l'affront.

Un jour, demain peut-être, et sans qu'on le regrette,

Un bon coup de balai fera la place nette.

L'*Assommoir* oublié pourrira dans un coin.

On le lira, sans doute, à l'étranger, bien loin,

Mais seuls, de la Villette au boulevard Voltaire,

Les chiffonniers pensifs, qui regardent par terre,

Trouveront quelquefois, dans les quartiers déserts,

Quelque chose d'informe et de rongé des vers,

Qu'un concierge soigneux sera venu descendre

Le matin, sur sa pelle — avec un peu de cendre.


Mai 1879.

# LE
# NATURALISME
## AU SALON

# LE
# NATURALISME
## AU SALON

———

Au risque de passer pour un briseur d'images,

En venant m'attaquer à de grands personnages

Qui me feront encor traiter de haut en bas

Dans quelque entrefilet — que je ne lirai pas —

Je veux, un coup de plus, dire ce que je pense :

La seule vérité sera ma récompense ;

Aussi bien le public peut juger entre nous :

2.

Témoin de la bataille, il comptera les coups,
Et le père Bazouge, abonné du *Voltaire*,
Ramassera les morts pour les porter en terre.


J'ai voulu voir, j'ai vu. Je le déclare net,
Bonnat n'est qu'un rapin à côté de Manet,
Et je ne savais pas tout ce que la peinture
Peut emprunter de charme à la simple nature.
Artistes de Paris et des départements,
Si vous voulez puiser de grands enseignements,
Au spectacle fécond d'une œuvre de génie,
Si vous voulez sentir la naïve harmonie
D'un dessin sans apprêt, et de franches couleurs,
Ne vous arrêtez pas à voir ces barbouilleurs,
Maignan, Ferrier, Duez, Merson, Bastien-Lepage,
Disciples attardés des maîtres d'un autre âge
Que le jury couronne et qu'admirent les sots ;
Plutôt crever sa toile et briser ses pinceaux
Que d'aller, après eux, chercher dans les étoiles

Je ne sais quel rayon de la beauté sans voiles

Dont l'amour les enchante, et qui met dans leurs yeux

Comme une vision d'un monde radieux !


L'idéal et le beau sont des choses bien fades

Qui ne peuvent troubler que des têtes malades.

Tous ces prétendus rois du domaine de l'art,

Le fougueux Michel-Ange et le doux Léonard,

Le divin Raphael, avec tout son cortège,

Le puissant Titien et l'aimable Corrège,

Ces grands enlumineurs du temps de Léon dix

Qui mêlaient galamment l'Olympe au Paradis

Et qui badigeonnaient la chapelle Sixtine,

Sans avoir d'autre esprit que l'esprit de routine,

Étaient d'honnêtes gens, mais de faibles cerveaux ;

L'art enfin rajeuni veut des sujets nouveaux,

Et, peinture d'histoire ou peinture d'église,

On nous a trop donné de cette marchandise.

Le moment est venu de changer tout cela :

Les tableaux de Manet, les romans de Zola,

Voilà le dernier mot de la nouvelle mode,

Et quant aux champions de la vieille méthode,

Ce sont de pauvres fous, aveugles et bornés,

Qui ne voient pas plus loin que le bout de leur nez.


Qu'est-ce que vous voulez que toutes ces idylles,

Et les Enfants Jésus et les Saintes Familles,

M'offrent d'intéressant et m'apprennent de neuf,

En l'an de grâce mil huit cent septante-neuf ?

Les bourgeois attendris, les pères et les mères,

Qui se laissent encor aller à ces chimères,

Auront beau s'écrier que c'est délicieux,

Et prendre leur mouchoir pour s'essuyer les yeux ;

Les personnes de goût détourneront la tête,

Et « l'ami Drolichon, qui n'est pas une bête »,

Étant premier commis du Louvre ou du Printemps,

Ira d'un pied furtif, et sans perdre de temps,

En fendant avec bruit la foule débonnaire,

Admirer le tableau de son peintre ordinaire.


Le voilà! Regardons : Une femme en bateau

Auprès d'un canotier coupant le fil de l'eau,

Qui, le regard plongé dans ceux de sa maîtresse,

Lui parle, avec des mots plus doux qu'une caresse,

En homme qui sait vivre et mener son bachot,

Du petit vin suret qu'on boit, quand il fait chaud,

Dans la folle saison des brises printanières,

Sous la tonnelle en fleur des guinguettes d'Asnières.

S'il vous semble que l'homme et la femme sont laids,

Le peintre vous dira : C'est ce que je voulais!

Dans un coin du canot la femme se pelote

Et songe, enfant rêveuse, à quelque matelote,

Souvenir d'une escale au pont de Billancourt

Dans la lune de miel de son premier amour,

Ou bien au temps fleuri de son adolescence,

Quand elle vit tomber sa robe d'innocence,

Et quand, comme autrefois la fille de Jephté,

Elle pleura — trois jours — sur sa virginité.


Trouvez-moi, quelque part, un morceau de peinture
Qui vous ait un parfum d'églogue et de friture
Plus franchement exquis, plus vif et plus entier,
Que cette canotière avec son canotier !


Un autre que Manet aurait gâté peut-être
Par de faux ornements le chef-d'œuvre du maître ;
Un autre eût essayé de peindre deux amants
Dans toute la fraîcheur de leurs premiers serments ;
Il aurait soupiré la divine romance :
*O lac, t'en souvient-il ? nous voguions en silence,*
Et fait frémir en nous la voix, la douce voix
Des souvenirs heureux de nos jours d'autrefois,
Quand nous nous égarions avec la bien-aimée
Dans le sentier perdu qui court sous la ramée ;
Nous aurions vu trembler dans le miroir des eaux

Les reflets argentés des tiges de roseaux,

Quand les vents du Midi, de leur aile légère,

Effleurent le feuillage et rident la rivière,

Et nous aurions senti, comme un esprit de feu,

Une chaude vapeur flotter dans le ciel bleu,

Effluve de printemps, dont les molles buées

Agitent vaguement les âmes remuées ;

Un autre eût amorti les flèches du soleil

Dans un frais clair-obscur, doux comme le sommeil,

Et peut-être, ô Phœbé, pour endormir la terre

Dans le recueillement d'une nuit de mystère,

Lune mélancolique, il aurait dans les cieux

Fait luire ton croissant, pâle et silencieux.


Chanson que tout cela, bagatelle, fadaise !

Autant prendre un bossu pour l'Hercule Farnèse

Que de s'évertuer, en regardant le ciel,

A plaquer l'idéal à côté du réel.

L'Institut, en émoi, dira que c'est énorme,

Et, comme Bridoison, parlera de la forme.

La forme et le dessin sont une illusion ;

Il s'agit, avant tout, de faire impression ;

Manet, d'ailleurs, n'est pas de ces petits génies

Qui traitent les tableaux comme des symphonies

Dont le thème éternel et toujours écouté,

Est un hymne d'amour à la pure beauté :

Il est *naturaliste,* et c'est la grande chose.

La beauté nous attire, il la met hors de cause ;

La laideur nous rebute, il la cherche, et voilà

Ce qui fait que Manet a rencontré Zola.


Vous que les attentats des *impressionnistes*

Ne découragent pas d'être de grands artistes,

Et que je nommerais, si vous l'aviez permis,

Afin de m'honorer d'être de vos amis,

C'est à vous de venger la Muse courroucée

Par tous ces impuissants qui ne l'ont pas blessée,

Comme c'est au grand jour à chasser les hiboux.

Je veux, en terminant, faire un conte pour vous,
Que j'emprunte des Grecs, et que je vais vous dire
Pour égayer un peu la fin de ma satire.


Apollon Phrygien s'amusait autrefois

A jouer de la flûte, à l'ombre de grands bois ;

Les Nymphes de ces lieux, les Silvains et les Faunes

Sortaient, autour de lui, de l'écorce des aulnes,

Et les arbres charmés inclinaient leurs rameaux.

Comme le rossignol fait taire les oiseaux,

Les nids pleins de chansons, et les vertes ramures,

Pour écouter le Dieu suspendaient leurs murmures.

Marsyas, impudent comme tout envieux,

Osa le défier. Apollon, furieux,

Après l'avoir vaincu, le saisit par l'épaule

Et de la tête aux pieds il écorcha le drôle.

Le satyre avait beau geindre, cris superflus,

O fils de Jupiter, je ne le ferai plus !

Chacun sait qu'Apollon n'aime point, par nature,

3

La mauvaise musique et la sotte peinture.

Il laissa Marsyas, écorché comme un air

D'opéra-séria dans un café-concert,

Et s'en fut accrocher dans la forêt prochaine

La peau de son rival aux branches d'un vieux chêne.

Juillet 1879.

# LA

# POLITIQUE

# LA POLITIQUE

BOUTADE SUR LE TEMPS PRÉSENT

———

*O tempora, o mores !*
CICÉRON.

Touchés de passion pour la chose publique,

Tous mes contemporains font de la politique :

Les uns sont mécontents, les autres satisfaits,

Quelques ambitieux deviennent sous-préfets

Et vont à Marvéjols ou Brives la Gaillarde

Emerveiller le maire et séduire le garde

Champêtre, ou s'opposer à l'envahissement

3.

De la Réaction dans l'arrondissement.

Ceux qui n'ont pas l'humeur d'être fonctionnaires

Demandent un asile aux feuilles débonnaires,

Pour y pondre à loisir des articles pâteux,

De couleur indécise et de style douteux,

Industrieusement découpés en tartines

Sur le *Pangermanisme* et les *races latines*,

Et, comme dit Musset, « s'amusent à berner

Trois ou quatre milliers de sots à déjeuner. »


⚓


Le mal serait léger si tous ces gens de plume

Mesuraient sagement leur poids à leur volume ;

Mais le premier venu tranche du potentat,

Le moindre écrivassier est un homme d'Etat,

Dont le petit cerveau caresse l'espérance

De faire aller un jour le coche de la France.

Prenez le plus modeste et le plus inconnu,

S'il ne vous conte pas, ô lecteur ingénu,

Qu'il a, quand vous dormiez, sauvé le Capitole,

Et réveillé Paris au vent de sa parole,

J'abjure mon erreur à la face des cieux,

Je chante que la Presse est un bienfait des Dieux,

Que tous les rédacteurs des gazettes publiques

Devraient être chargés de couronnes civiques,

Et que, s'ils renonçaient à mener l'univers,

La vieille humanité marcherait de travers.

⚓

Certes, la politique est une belle chose :

Je comprends qu'on en parle et même qu'on en glose,

Avec toute franchise et pleine liberté.

Mais qu'au mépris du bien et de l'honnêteté

On voie un charlatan ouvrir une boutique,

Pour y vendre, à faux poids, sa grosse rhétorique,

Et, si le boniment attire les badauds,

Leur tondre adroitement la laine sur le dos;

Mais que le Champ de Mars devienne un champ de foire,

Que maître Pathelin siège dans le prétoire,

Et que tous les fruits-secs de tous les espaliers

En mûrissent d'orgueil derrière les piliers ;

C'est ce qu'en vérité je ne saurais entendre,

Et ma pauvre raison se refuse à comprendre

Qu'on en doive venir à supporter cela

Sans demander quelqu'un pour mettre le holà.


⚓


Je me fais de la France une tout autre idée,

Et je ne la crois pas nettement décidée

A se laisser ainsi mener, sans savoir où,

Comme un Colin-Maillard jouant à casse-cou.

On me dira : Monsieur, regardez l'Amérique !

Ayant toujours eu peur de franchir l'Atlantique,

Je n'y suis pas allé, mais j'en suis revenu.

D'ailleurs, à parler franc, j'ai l'esprit prévenu.

Sans vouloir être ingrat envers le libre-échange,

J'estime que ses biens ne sont pas sans mélange,

Et je connais des gens, hélas ! fort malheureux

Que Christophe Colomb ait été curieux.


Laissons donc l'Amérique avec ses habitudes.

Nous vivons, bien ou mal, sous d'autres latitudes,

Gardons notre nature et demeurons chez nous,

Pour boire notre vin et pour planter nos choux.

S'il est vrai que le vent tourne à la République,

Ne l'imaginons point revêche et fanatique,

N'en faisons pas un monstre à dévorer les gens ;

Laissons les Jacobins et les Intransigeants

Barboter doucement dans la démagogie,

Et prendre, encor émus du vin de leur orgie,

Le vaisseau de l'Etat pour un simple ponton

Et l'ombre de Blanqui pour celle de Caton ;

Mais nous, bons habitants de notre vieille France,

Ecoutons-les crier avec indifférence,

En allant côte à côte, et la main dans la main,

Faire notre métier et gagner notre pain.

⚓

Ouvrier, mon ami, retourne à ton usine,

Apprenez bonnement à faire la cuisine,

Orateurs en jupons, qui hantez les congrès

Pour louer le divorce et chanter le progrès ;

Et vous qui me lisez, journalistes, mes frères,

Convenez entre vous, si vous êtes sincères,

Convenez qu'aujourd'hui ce serait un journal

Assez bien avisé, sinon original,

Que celui qui ferait trêve à la politique,

Pour s'occuper un peu de la santé publique,

Et dire au populaire, à bout d'émotions,

Nous avons assez vu de révolutions.

Alors, du Nord au Sud et de Bordeaux à Lille,

Tous ceux de la campagne et tous ceux de la ville,

Tous les honnêtes gens et tous les travailleurs

Prépareraient, sans bruit, l'ère des jours meilleurs ;

Alors tous les enfants de la mère-patrie

Panseraient doucement sa poitrine meurtrie

Afin que l'étranger puisse fixer sur nous

Ses regards menaçants ou ses regards jaloux

Sans que son insolence ou son inquiétude

Vienne troubler la paix de notre solitude ;

Alors tu laisserais, sous la garde de Dieu,

O France, ton drapeau flotter dans le ciel bleu ;

Le gui reverdirait aux branches de tes chênes

Encor tout mutilés par les haches germaines,

Et, verte comme lui, tu verrais refleurir

Ton âme, toujours jeune et qui ne peut mourir.

Novembre 1879.

# LES

# MOUCHES

# LES

# MOUCHES

---

Ainsi certaines gens, faisant les empressés,
S'introduisent dans les affaires.....

(*Le Coche et la Mouche.*)

On entend voltiger partout,

D'un bout du monde à l'autre bout,

Bruyantes,

Les mouches de toutes couleurs,

Qui courent s'attacher aux fleurs

Brillantes.

Mouches de cour et de palais,

Empressés, flatteurs et valets,

Engeance,

Race frelonne dont l'emploi

Est de gruger, sans foi ni loi,

La France,


Vous bourdonnez dans tous les sens,

Soit à l'oreille des puissants

En place,

Soit auprès des ambitieux,

Qui vous emmènent avec eux

En chasse.


Que les naïfs, à petits pas,

Creusent leur chemin ici-bas,

Le vôtre

Va de l'antichambre au salon

De quiconque a le bras plus long

Qu'un autre.

Que l'honnête homme, sans affront,

Gagne à la sueur de son front

Sa vie,

Vous qui n'avez pas d'autre bien

Que de servir la haine ou bien

L'envie,


Sans amertume et sans rebut,

Vous allez droit à votre but,

En joie,

L'échine souple et l'œil ardent,

Flattant le maître en attendant

La proie.


Qui nous délivrera, mon Dieu,

De tous ces gens sans feu ni lieu,

Voraces,

Vêtus de neuf, gantés de frais,

Et qui s'en vont courant après

Les places ?

4.

Si tu pouvais revivre un jour,

Toi qui connus les gens de cour,

      Bonhomme,

Que dirait ton grand œil narquois,

Quand tu verrais, comme je vois,

      Qu'en somme,


Après avoir tout remplacé,

Et souvent même tout cassé,

      Farouches,

Dans le coche du bon vieux temps,

Nous sommes restés indulgents

      Aux mouches?


C'est en vain que nous les chassons,

N'ont-elles pas mille façons

      Accortes

De revenir au bon moment,

Et de gratter discrètement

      Aux portes?

Ignorez-vous, ô potentats,

Qui réglez le sort des états,

Ministres,

Combien vous traînez après vous,

Tantôt repus, tantôt jaloux,

De cuistres,


Qui vont au grand homme du jour,

La bouche en cœur, faire une cour

Dévote,

Et qui dès longtemps ont appris

Le bel art de vendre à bon prix

Un vote?


Comme plus sage et plus heureux

Est l'homme qui vit oublieux

Du monde,

Et qui, sans peur des jours mauvais,

Passe les siens dans une paix

Profonde,

Ne servant que la vérité,

Et trouvant son obscurité

Si douce

Que sa vie est comme un ruisseau

Où l'on voit au travers de l'eau

La mousse !


Pendant les soirs charmants d'hiver,

Tantôt assis près du feu clair,

Sans trêve,

Il lit dans ses livres aimés,

Tantôt les yeux demi fermés,

En rêve,


Tout en arrangeant les tisons,

Il évoque des visions

Rapides,

Images d'un cher souvenir,

Ou fantômes d'un avenir

Sans rides.

L'été venu, quand le ciel bleu
Echauffe à ses rayons de feu
            La ville,
Dans la fureur des mois brûlants,
Il s'en va demander aux champs
            Asile;


Et là, tranquille, au bord des eaux,
La voix du vent dans les roseaux
            Qui chantent,
Et les nids dans les arbres verts,
Au bruit léger de leurs concerts
            L'enchantent;


Libre de soins, exempt d'ennuis,
Il goûte la fraîcheur des nuits
            Sereines,
Et voit les brumes du couchant
Noyer d'une vapeur d'argent
            Les plaines;

Ou le matin, à son réveil,

Il admire le grand soleil

Superbe,

Et descend redresser les fleurs

Que courbe la rosée en pleurs

Dans l'herbe.


Ni la poursuite des faveurs,

Ni l'ambition des grandeurs

Ne tente

Cette vie au paisible cours

Et cette âme qu'on voit toujours

Contente ;


Tandis que ceux dont je parlais,

Tout à l'heure, et que je voulais

Dépeindre,

Esclaves de leurs appétits,

S'efforcent tous, grands et petits,

D'atteindre,

Celui-ci le bout de ruban,

Que pour cadeau du jour de l'an

Lui donne

Une Excellence au cœur léger,

Qui ne voudrait désobliger

Personne,


Et celui-là, plus positif,

Un bon emploi, très lucratif,

Un poste,

Où le bien lui vienne en dormant,

Et sans courir éperdûment

La poste.


Volez, volez, ô moucherons !

Faites des chœurs, tracez des ronds,

L'espace

En fin de compte est aussi bien

A l'honnête homme qui n'a rien

Et passe,

Libre sous la clarté des cieux,

Qu'à la bande d'officieux

Qui peuple,

A Landernau comme à Paris,

L'antichambre des favoris

Du peuple.


Qu'y faire? En rire est le plus sûr.

Le soleil brille et l'air est pur,

Ecoute,

Ami lecteur, si tu m'en crois,

Va te promener dans les bois,

En route!


Fuis la grand'ville, ami lecteur,

Dans la plaine ou sur la hauteur

Voyage,

Prends La Fontaine dans ta main,

Tu te réveilleras demain

Plus sage ;

Plus sage et partant plus joyeux :

Le monde est triste et l'homme est vieux,

Sans doute,

Mais entre nous, tu le sais bien,

Ni toi ni moi n'y pouvons rien,

En route !

# LA

# MÉDIOCRITÉ

# LA

# MÉDIOCRITÉ

———

Mère du bon esprit, compagne du repos,
O médiocrité.....

LA FONTAINE.

Tout ce que je voudrais, tout ce que j'ai rêvé,

C'est de pouvoir venir, quand le jour achevé

Permet la solitude à l'âme recueillie,

Savourer mon repos et jouir de la vie

Dans une humble maison, blanche, aux contrevents verts,

Présentant au soleil ses volets grands ouverts

5.

A l'heure où le couchant enveloppe les choses
Du doux rayonnement de ses nuages roses.


⚓


J'aurais, devant ma porte, une petite cour,
Claire, et dont mes enfants pourraient faire le tour,
Avec leurs petits pas aux brèves enjambées,
Foulant le sable fin et les feuilles tombées,
Et donnant le bonjour au passant du chemin ;
Derrière, un jardinet, large comme la main,
Des arbustes, des fleurs, un lilas et peut-être
Un jeune marronnier, voisin de ma fenêtre,
Pour m'éveiller, dès l'aube, aux premières chansons
Des moineaux en émoi querellant les pinsons.
Le liseron grimpeur et les branches de lierre
Envahiraient le mur pour revêtir la pierre,
Et parfois, au printemps, un oiseau familier,
Rouge-gorge ou fauvette, au toit hospitalier

Viendrait bâtir son nid et faire son ramage

Dans l'entrelacement commode du feuillage.

Au fond de mon jardin, pour égayer mes yeux,

J'aurais, en marbre pur, un de ces anciens dieux

Qu'aimait le bon Horace et qu'invoquait Virgile,

Pan, gardien des troupeaux, posant la flûte agile

Sur sa lèvre rieuse, et me jouant tout bas

Un air mystérieux que l'on n'entendrait pas.

⚓

Ma petite maison serait comme son maître

Pauvre, et ma pauvreté m'empêcherait d'y mettre

Ces ornements de luxe et ces meubles de prix,

Potiches du Japon ou bronzes de Paris

Qu'achètent les banquiers et les millionnaires ;

Je m'accommoderais de meubles ordinaires

Et tiendrais seulement à voir, luxe permis,

Ma petite maison pleine de vrais amis.

En est-il, ici-bas, de meilleur qu'un bon livre ?

Apprendre à bien penser c'est apprendre à bien vivre ;

Je relirais les miens, pour chercher avec eux

Le secret d'être sage et celui d'être heureux ;

J'ornerais mon esprit de leurs grandes pensées,

J'éveillerais l'écho des époques passées,

Et je méditerais, homme des temps nouveaux,

Les sévères leçons que donnent les tombeaux.


⚓


Ainsi, sous l'humble toit de mon humble demeure,

L'heure légèrement s'ajouterait à l'heure ;

Là, dans les nuits d'été, rêveur silencieux,

Je perdrais mes regards dans l'infini des cieux,

Ou, la tête dolente et l'âme ensommeillée,

J'attiserais gaîment la flamme réveillée,

Et je réchaufferais, durant les nuits d'hiver,

Ma pensée engourdie aux rayons du feu clair.

⚓

Autour de moi pourtant je connais bien peu d'hommes

Qui voudraient s'arranger, par le temps où nous sommes,

D'un bonheur si modeste et d'un toit si petit.

L'opulence du riche excite l'appétit

Du pauvre, on s'évertue à sortir de sa sphère,

On s'épuise en souhaits qu'on ne peut satisfaire,

La richesse nous grise, et comme les Hébreux,

Nous mettons le Veau d'or au nombre de nos Dieux;

Nous suivons, en courant, le char de la Fortune,

Les plus impatients font des trous dans la lune,

Celui-ci, financier, autrefois grand seigneur,

Pour redorer son nom entache son honneur,

Cet autre, sur la foi d'affiches mensongères,

Soutire leur épargne aux bons actionnaires,

On s'écrase à la Bourse, où, vainqueurs et vaincus,

Affichent, en menant la ronde des écus,

Un superbe mépris de l'estime publique,

Et des trains de caissiers filent sur la Belgique !

↓

« Jouissons, l'heure est brève et l'homme n'a qu'un temps,

Nargue aux déshérités et fi des mécontents,

Retournons les goussets et remplissons nos poches !

Si le peuple est sans pain, qu'il mange des brioches !

Dînons bien, buvons mieux, et noyons dans le bruit

De la fête d'hier la honte d'aujourd'hui ! »

↓

Et ces Pharisiens vont porter à des filles

Ce qu'ils viennent de prendre à d'honnêtes familles,

Achètent un carrosse et meublent un hôtel,

Et, comme Eliacin, levant les yeux au ciel,

Se mettent à genoux et font les bons apôtres,

Quand on leur prend la main dans la poche des autres.

Quelques-uns, enrichis par d'étranges trafics,

Rêvent les grands emplois et les honneurs publics,

Pour que le pavillon couvre la marchandise,

Et donnent des dîners exquis — la gourmandise

Etant le côté faible et le péché mignon

Du parfait financier et du fin maquignon.


⚓


O petite maison, maisonnette de verre,

Pour humble que tu sois, comme je te préfère,

Maisonnette de rien, à ces hôtels cossus,

Emplis par des bourgeois ignorants et pansus,

Où la sottise trône avec magnificence,

Comme un faisan doré sur un plat de faïence !

O petite maison, blanche, aux contrevents verts,

On m'offrirait tout l'or de ce grand univers,

Toutes les dignités et toutes les richesses,

Avec de beaux salons où viendraient les duchesses,

Que je dirais encor, comme dans la chanson :

O gué! J'aime bien mieux ma petite maison,

Ma petite maison qui rit sous la feuillée,

Et, comme une fillette au matin éveillée,

Ne veut rien, n'attend rien de la bonté de Dieu

Qu'un rayon de soleil et l'azur du ciel bleu,

Le doux frémissement de la feuille qui chante,

Et quelquefois, le soir, à cette heure charmante

Où Paris, la grand' ville, étouffant ses clameurs,

S'endort, et quand de loin les dernières rumeurs

Expirent lentement et meurent dans l'espace,

Comme un soupir léger de la brise, qui passe

Sans rider le feuillage et sans faire de bruit,

La voix d'un rossignol qui chante dans la nuit!

Janvier 1880.

# LE

# MATÉRIALISME

# LE

# MATÉRIALISME

*Fiat lux !*

On abuse des mots qui s'achèvent en *isme*.
La mode s'en étale, hélas! avec cynisme,
Et ces termes nouveaux, bizarres, mal venus,
Engendrent à leur tour des verbes inconnus,
Qu'effarouchée, avec des gestes de colère
L'Académie exclut de son vocabulaire,
C'est le progrès — dit-on. Mais, à bien réfléchir,

Avions-nous un besoin pressant de rafraîchir

Notre langue française alerte, souple, aisée

Vivante, et dont la sève est loin d'être épuisée,

Par cette invasion de mots épais et lourds

Qui déchirent l'oreille et chargent le discours?

⚓

Le mot ne serait rien encore, sans la chose.

Mais, comme les effets dépendent de la cause,

Cette bande de mots énormes, et plus longs

Qu'un jour sans pain, traînent l'idée à leurs talons,

Comme un colimaçon voiturant sa coquille.

J'en sais un, le doyen de toute la famille,

Un mot philosophique, épouvantablement

Lourd, si bien qu'on dirait d'un docteur allemand

Hérissé d'amour-propre et bouffi de science,

Qui, je ne sais pourquoi, me met en défiance,

Le *Matérialisme!* — Il est vrai qu'aujourd'hui

Nos plus honnêtes gens ne jurent que par lui,

Que la Sorbonne même et que l'Académie

Se laissent envahir à cette épidémie,

Et qu'on est malvenu d'être au nombre de ceux

Dont la crédulité s'attache aux anciens Dieux.

Les Dieux s'en vont! La vie en est désenchantée,

Et Psyché, la dernière, hélas! est remontée,

Triste de l'abandon des hommes oublieux

Dans les palais déserts du ciel silencieux.

O vierge ! Ton sourire illuminait la terre

Et ta lampe fidèle éclairait le mystère

Enfermé dans la nuit jalouse du tombeau;

Nous rêvions, avec toi, d'un avenir plus beau;

Nous savions que la vie est une route brève

Entre le jour qui passe et le jour qui se lève,

Mais tu faisais pour nous, au delà du réel,

6.

Luire la vision de l'amour immortel,

Et nous songions alors à ces divins voyages

Que fait l'âme envolée au pays des nuages,

Lorsque brisant sa chaîne et prenant son essor,

Vers l'immensité bleue et les étoiles d'or

Légère, elle s'enfuit, comme les hirondelles

Quand le soleil d'avril a réchauffé leurs ailes ;

Avec toi, près de toi, nous regardions venir

L'aurore du grand jour qui ne doit pas finir,

Et nos yeux, attristés au spectacle des choses,

De l'éternel printemps voyaient fleurir les roses !

⚓

Eh bien ! douce exilée, ô déesse, je veux

M'arracher aux mépris d'un siècle injurieux

Dont la main sacrilège a brisé ta statue.

Viens ! Descends des hauteurs de l'Olympe, vêtue

De lumière et d'azur, ô vierge ! conduis-moi,

Loin du chœur désolant de ces hommes sans foi,

Près des ombrages verts et des rives fleuries

Où Socrate épanchait ses douces causeries

A de beaux jeunes gens, et, sous le grand ciel bleu,

Disait l'âme immortelle et la splendeur de Dieu !

Emporte, emporte-moi dans les fraîches vallées,

Où Platon, dans la paix de ces nuits étoilées

Dont le rayonnement a d'étranges lueurs

Qui versent la sagesse aux âmes des rêveurs,

Cherchait pieusement à soulever les voiles

Du Verbe lumineux que cachent les étoiles !

⚓

Ou bien conduis mes pas sur le bord des flots bleus

Où les sages de l'Inde ont fait naître les Dieux,

Où le brahme à genoux épèle les symboles

Que de leur main géante embrassent les idoles,

Et, le regard perdu dans cette vision,

Plongé dans l'infini de la création,

Entend, sous le parvis du temple solitaire,

Le bruit mystérieux de l'âme de la terre.

⚓

Les sages d'aujourd'hui sont moins religieux,

Leur science hardie a dévasté les cieux,

Puis elle a dit à l'homme, en lui courbant la tête :

« Entre nous, mon ami, tu n'es rien qu'une bête.

C'est clair. L'âme immortelle est un mythe. Vis donc,

Du mieux que tu pourras, dans cette opinion,

Sans autre illusion et sans autre espérance.

L'éternité, chimère, et l'infini, démence !

Créature d'un jour, faite de chair et d'os,

Va, sans lever les yeux, humble, et baissant le dos

Sous le poids de ta vie, amère ou fortunée,

Et, plus tard, quand ta chair au limon retournée

Pourrira sous six pieds de terre, ne crois pas

Que l'on puisse échapper au sommeil du trépas,

Pour revivre là-haut dans une autre demeure,

La créature passe et le néant demeure. »


En vain les malheureux et les déshérités

Crieront à ces docteurs aveugles : « Vous mentez,

Je ne puis étouffer en moi ma conscience

Rebelle, et ne veux pas d'une telle science.

Quoi, je devrai gémir ici-bas, sans espoir,

Et du soir au matin et du matin au soir,

Subir, comme la brute attachée à sa chaîne,

Le fardeau douloureux de la misère humaine,

Et vous me refusez, pour m'aider à souffrir,

La consolation d'un meilleur avenir,

Et je ne pourrai pas, à cette heure dernière

Où l'ombre de la mort emplit notre paupière,

Rêver d'une autre vie, et croire que je vais

Attendre ou retrouver là-haut ceux que j'aimais ! »

On leur dira : « Tant pis, la chose est importune,

Mais elle est vraie ; allez vous plaindre à la fortune :

La science, après tout, n'est pas du sentiment. »

Pourquoi non? Et lequel des deux se trompe et ment

De l'ignorant qui croit ou du savant qui nie,

Du cœur humble adorant la sagesse infinie,

Et du douteur superbe, esprit audacieux,

Dont l'œil n'a jamais lu dans le livre des cieux.

Mais, plus je réfléchis et moins je m'imagine

Que l'âme soit un leurré et l'homme une machine

Toute matérielle où l'humeur et le sang

Servent à remplacer le principe pensant

Qu'admettaient, autrefois, Aristote et Descartes,

Et je n'estime pas que le dessous des cartes

Nous soit, même aujourd'hui, si nettement connu,

Qu'on ne puisse rêver, philosophe ingénu,

D'autre solution à ces obscurs problèmes

Que le renoncement aux vérités suprêmes

Où, depuis six mille ans, de saison en saison,

La vieille humanité retrempe sa raison.

Le *Matérialisme* a beau dire et beau faire,

En somme, ce n'est pas une petite affaire

Que de supprimer l'âme et de nier le ciel.

Caliban, furieux, ne fait pas qu'Ariel

S'élance moins léger dans les champs de l'espace,

La vérité subsiste et le mensonge passe.

L'homme désespéré par ces dogmes nouveaux,

Pour éclairer sa nuit, cherchera des flambeaux

A la lueur moins triste, aux clartés moins funèbres

Que la torche du doute étoilant les ténèbres,

Et ta lampe, ô Psyché, sur les sombres chemins

Où marche, en hésitant, le troupeau des humains,

A nos yeux consolés viendra briller encore

Comme un premier rayon de l'éternelle aurore.

Juin 1880.

# LA

# JEUNESSE

# LA

# JEUNESSE

---

*Ætas parentum, pejor avis, tulit*
*Nos nequiores.*

HORACE.

Ma mère, quand j'étais petit,

Et pour me mettre en appétit

De mordre un peu dans la grammaire,

Si j'avais bien su ma leçon

Me racontait à sa façon

Des histoires de sa grand'mère.

Hélas! On ne croit plus à rien :

Faire fortune, avoir du bien,

Voilà l'ambition suprême

Des philosophes de vingt ans :

L'année a perdu son printemps,

La jeunesse n'est plus la même,

Et se moque du bon vieux temps,

Comme un libertin du carême.


C'est qu'autrefois, au temps passé,

Quand un jeune homme avait poussé

Sur le pavé de sa province,

Gai comme oiseau, fier comme prince,

Au lieu de partir pour Paris

Prendre le germe du mépris

Près de l'arbre de sapience,

Il n'avait pas d'autre science

Que de vivre, heureux comme un roi,

Dans sa famille et sous son toit.

Age d'or! Candeurs disparues!

Dans notre siècle positif,

Celui-là serait bien naïf

Qui s'en irait de par les rues

Pour chercher un cœur simple et nu,

Un adolescent ingénu,

Au milieu des enfants des hommes ;

J'en sais à peine deux ou trois,

Et sans être bien vieux, je crois

Que les jeunes gens d'autrefois

Etaient meilleurs que nous ne sommes.


Ils n'avaient pas tant voyagé

Un peu partout, pas tant changé

D'esprit, de mœurs et d'habitudes ;

Ils aimaient la simplicité,

Le grand air, la franche gaîté

Et le charme des solitudes.

Ils ne perdaient pas leurs moments

A courir la place publique,

7.

Lisaient moins de mauvais romans,

Restaient plus auprès des mamans,

Et n'estimaient point qu'à quinze ans

On soit un homme politique.

Ils pensaient, ces bons jeunes gens,

En provinciaux innocents,

Qu'on vit d'espérance et d'eau claire,

Ils ne rêvaient pour tout bonheur

Qu'un cœur battant près de leur cœur

Et pour palais qu'une chaumière...

Ils croyaient encore à l'amour,

Se mariaient au premier jour

Avec une fille bien née,

Et, patriarches triomphants,

Avaient une tribu d'enfants

Roses, joufflus et bien portants,

Vive et bruyante maisonnée,

Essaim charmant de gais oiseaux,

Qui chantait toute la journée

Dans le jardin, au bord des eaux.

⚓

Aujourd'hui ce n'est plus la mode,

On penserait vivre en prison

Si l'on restait à la maison,

Et d'ailleurs changer d'horizon

Est devenu moins incommode.

Aussi l'automne, tous les ans,

Voit des bandes de jeunes gens

S'abattre sur les grandes villes,

Etudiants présomptueux,

Graine précoce d'inutiles,

Blasés, sceptiques, hasardeux,

Entraînés aux amours faciles,

Et pour la plupart oublieux

Que les épis les plus stériles

Sont toujours les plus orgueilleux.


A peine hors de leurs coquilles,

Ils traitent les illusions

De chimère et de visions

Bonnes pour les petites filles

Qui font la chasse aux papillons.

Ils se moquent bien de leurs âmes

Et ne sont pas sûrs d'en avoir,

Doutent des hommes et des femmes,

Du sentiment et du devoir,

Méprisent comme viande creuse

Tout ce qui rend la vie heureuse,

La poésie et l'idéal,

Et se vantent, foi d'animal!

*Darwiniens* et *Transformistes*,

Voire même *Naturalistes*,

De démontrer à tout venant

Que les hommes de maintenant

Ne sont pas fils du père Adam,

Mais qu'ils sont nés à la lumière

Par la vertu du mouvement

Et la force de la matière,

Pour devenir avec le temps
Des gorilles intelligents.


Ils apprennent l'arithmétique

Pour calculer leurs intérêts,

Et passant émoulus tout frais

Du collège à la politique,

Bien que sans barbe, ils se croient prêts

A gérer la chose publique

Et mener le char du progrès.

Et plus tard, quand l'expérience,

L'ambition ou la prudence

Les font songer à l'avenir,

Et les poussent à revenir,

Pour se chercher une carrière,

Souvent alors, rentrés chez eux,

Un mariage avantageux

Avec une riche héritière,

Un peu trop mûre, un peu trop fière,

Laide, revêche et tracassière,
Mais fille d'un propriétaire
Dont la cassette a de beaux yeux,
Devient le terme de leurs vœux
Ou met le comble à leur misère.

Si j'ai peint le tableau trop noir,
Au point d'en faire une satire,
C'est que sans m'en apercevoir
Je n'avais pas l'humeur à rire :
J'étais dans un de ces instants
Où le regret du bon vieux temps
Nous porte à médire du nôtre;
Mais peut-être aussi qu'après tout,
A la prendre par le bon bout,
Notre époque en vaut bien une autre.

# SONNETS

— DESSINS A LA PLUME —

*In tenui labor...*

VIRGILE.

A

MON BEAU-FRÈRE ET AMI

HENRI LEFÈVRE

———

C'était la coutume, autrefois,
Quand on vendait une douzaine
D'œufs trop petits, pour faire poids,
D'aller jusques à la treizaine.

8

Voici douze sonnets nouveaux :
(C'est le nombre des saints apôtres),
Le treizième est pour rien, les autres
Valent, mon Dieu, ce que je vaux.


Tu m'as juré qu'ils t'avaient plu,
Mon cher ami, toi qui m'as lu
Avant tous ceux qui vont me lire ;


Leur plairai-je ? Tu n'en sais rien,
Ni moi non plus, mon cher : Eh bien,
Faisons passer — et laissons dire.

# I

## QUAI D'ORSAY

Je ne me sens pas qualité
Pour toucher à la politique,
Et je laisse à mon député
Le soin de la chose publique;

Je ne suis pas ambitieux

De faire la mouche du coche,

Et, spectateur silencieux,

Je mets ma langue dans ma poche ;


Je trouve plus simple, à mon gré,

De vivre, électeur ignoré,

Dans une sage indifférence


Pour les partis et leurs combats,

Et content de dire tout bas :

« Bon vent au vaisseau de la France ! »

## II

## RUE VIVIENNE

O Minerve, déesse aux yeux d'azur, ô toi,
Qui, dans les jours charmants des époques lointaines,
Couvrais de ton égide et rangeais sous ta loi
La verte Salamine et la joyeuse Athènes ;

8.

Toi dont le pur profil, sculpté sur le fronton

Des temples, par la main de Phidias, auguste,

Inspirait aux neveux des morts de Marathon

L'amour de l'idéal et le respect du juste ;


Déesse aux lèvres d'or, douces comme le miel,

O toi que la chouette éveillait dans le ciel,

A l'heure où les troupeaux venaient boire à la source,


Et que l'aube du jour dorait le Parthénon,

Pensif, je me suis pris à murmurer ton nom,

Devant un chœur de Grecs — qui sortait de la Bourse.

# III

## L'EMPLOYÉ

Méthodique et solitaire,

A pied sec, quand il le peut,

En omnibus, quand il pleut,

Il se rend au Ministère ;

Matin et soir, tous les jours,
Avec le même courage,
Il reprend le même ouvrage
Qui recommence toujours.


Pauvre petit employé,
Soulevant, le dos ployé,
Des montagnes de registres,


Fais ta besogne avec soin.
Nous avons autant besoin
D'employés que de ministres.

# IV

## LE REPORTER

Il est l'homme du mouvement,
Ce n'est pas lui qui baye aux grues,
Il se promène dans les rues,
L'oreille au guet, le nez au vent.

Sous les feux de la canicule,

Et sous la neige des hivers,

Il fait la chasse aux *Faits divers*,

Il regarde, écoute, et circule.


Le premier cri des nouveau-nés,

Le râle des assassinés,

Les noyés, les pendus, la dalle


De la Morgue, le blanc, le noir,

Il veut tout entendre, et tout voir,

— C'est le papillon du scandale.

# V

## LE PARNASSIEN [1]

Le regard vif, la marche altière et décidée,

Passant avec lenteur la main dans ses cheveux,

Superbe, il semble dire en lui-même : Je veux

Inventer une rime, à défaut d'une idée.

---

1. Il est entendu que l'on fait exception pour tous ceux que leur talent ou leur amour-propre empêcherait de se reconnaître.

Il sait les douces lois du rythme, il sait choisir
Dans le jardin fleuri des fraîches métaphores,
Où nous voyons des pots, il rêve des amphores,
Et la forme idéale enchante son loisir.


Ne lui demandez pas d'avoir du sens commun :
Poète, il est rebelle à la prose, comme un
A qui l'humanité ne va pas aux chevilles ;


Je voudrais seulement lui dire, à deux genoux,
Qu'il se chauffe souvent au même feu que nous
Du bois, de l'affreux bois dont on fait des chevilles.

# VI

## L'ÉPICIER

En haut de la boutique on lit : « ÉPICERIES,

LÉGUMES FRAIS, VINS ET LIQUEURS, CAFÉS ET THÉS, »

Le patron, tout en blanc, a des airs enchantés,

Et je comprends, ô bon épicier, que tu ries.

9

N'es-tu pas l'homme sage et posé? n'es-tu pas,

Près de nous, songe-creux, rêveurs, têtes futiles,

L'honnête pourvoyeur des conserves utiles,

L'homme précis, marchant toujours du même pas,


Qui va de l'étalage à l'arrière-boutique,

Officieux, clignant de l'œil à la pratique,

Animant les garçons du geste et de la voix,


Onctueux comme l'huile et doux comme le sucre,

Guéri des passions par l'appétit du lucre,

Et que les oignons, seuls, font pleurer — quelquefois.

## VII

### JOSEPH PRUDHOMME

Métaphorique et solennel,
Au fond badaud et gobe-mouche,
Il étouffe, en ouvrant la bouche,
Un bâillement sempiternel.

Conservateur, par caractère,

Mais libéral, par sentiment,

Il soutient le gouvernement,

Quand il ne le met point par terre.


Matin et soir, lecteur banal,

Il découpe dans son journal

Une opinion toute faite,


Et regarde le plus souvent

Le côté d'où souffle le vent

Pour y tourner sa pauvre tête.

# VIII

## JEAN HIROUX

Le front bas, l'œil éteint et le geste hideux,
Cicerone interlope à la porte des gares,
Ramasseur breveté de vieux bouts de cigares,
Il fait tous les métiers louches et hasardeux,

9.

Aigri par la misère et rongé par la haine,
Il va, rôdeur sinistre et ténébreux, glissant
Aujourd'hui dans la boue et demain dans le sang,
Epouvante et rebut de la famille humaine.


Refusant du travail et demandant du pain,
Comme un loup en maraude il poursuit son chemin,
Prêt à mordre et montrant ses mâchoires hardies,


Et quand l'émeute gronde au sein des carrefours,
On entend sa voix rauque et l'on revoit toujours
Son œil rouge, embrasé de lueur d'incendies.

# IX

## LE LOCATAIRE

Dans les combles, près du ciel bleu,
Comme un oiseau dans une cage,
Il habite au sixième étage
Une chambre étroite et sans feu.

Là, dans son humble solitude,
Il rêve de projets divers,
Rimeur en herbe, de ses vers,
Clerc de notaire, d'une étude.


Le concierge avec sa moitié
Prennent tous les deux en pitié
Ce locataire sans fortune,


Mais lui, le coude dans sa main,
Insouciant du lendemain,
S'oublie à regarder la lune.

# X

## LE CONCIERGE

Défenseur jaloux et subtil
Des droits de son propriétaire,
En revanche, il est incivil
Pour l'infortuné locataire.

S'il s'humanise quelquefois,

C'est à l'approche des étrennes,

Son cordon, son geste, et sa voix

Ont des complaisances soudaines.


Mais malheur à tout imprudent

Qui ne jette rien sous la dent

De ce petit-fils de Cerbère !


*Cave canem :* Qui que tu sois,

Cela veut dire, en bon françois

Que le concierge est en colère !

# XI

## PHRYNÉ

Elle passe, charmante et belle : ses grands yeux
Sont bleus comme le ciel, sa taille est souple et frêle
Comme le cou du cygne et de la tourterelle,
Et les blés ne sont pas plus blonds que ses cheveux;

Elle est jeune, elle rit, et ses dents sont des perles
Dans sa bouche de rose, et le son de sa voix
Est frais, comme le chant clair et léger des merles
Qui sifflent, en avril, sous la feuille des bois ;


Les uns lui font des vers et les autres des rentes,
Son beau corps, parfumé de senteurs odorantes,
Est blanc comme le marbre et droit comme le lys ;


Mais il ne restera de la fille de joie
Qu'un corps flétri, traînant sous un haillon de soie
La chaîne des regrets et le poids des oublis.

## XII

### DIOGÈNE

Philosophe sans le savoir,
Héritier du vieux Diogène,
Qui chemines, la hotte pleine,
Sur la lisière du trottoir;

10

Lanterne en main, pipe à la bouche,

Toi qui marches, passé minuit,

Promeneur furtif et sans bruit,

L'échine basse et l'œil farouche ;


O chiffonnier, tes noirs fardeaux,

Vieille ferraille et vieux journaux,

Voilà bien ce qui reste, en somme,


De ce que laisse, sous ses pas,

De boue et de cendre, ici-bas,

Ce débris qu'on appelle un homme.

FIN

# TABLE

———

IMPRIMERIE GÉNÉRALE DE CHATILLON-SUR-SEINE, JEANNE ROBERT.